Analyse de l'œuvre

Par Amandine Farges

Sorcières

Mona Chollet

lePetitLittéraire.fr

Analyse de l'œuvre

Par Amandine Farges

Sorcières

Mona Chollet

Rendez-vous sur lepetitlitteraire.fr et découvrez :

Plus de 1200 analyses
Claires et synthétiques
Téléchargeables en 30 secondes
À imprimer chez soi

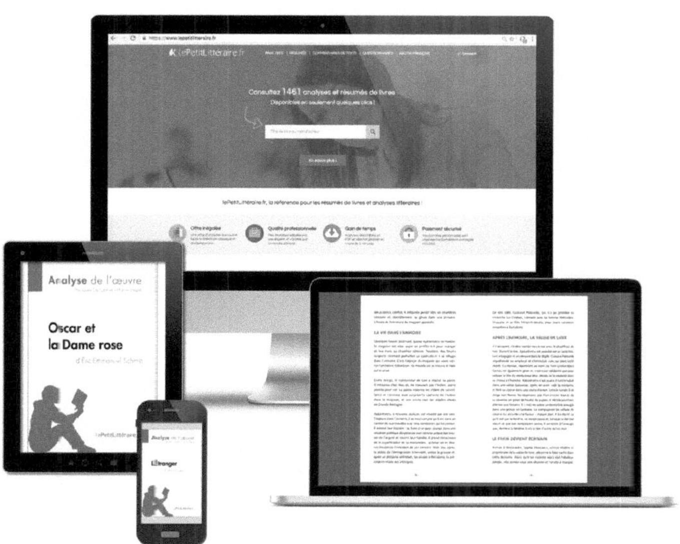

SORCIÈRES. LA PUISSANCE INVAINCUE DES FEMMES

ESSAI SUR LA FIGURE DE LA SORCIÈRE, ICÔNE FÉMINISTE

- **Genre :** essai
- **Édition de référence :** *Sorcières. La puissance invaincue des femmes*, Paris, Éditions La Découverte Zones, 2018, 240 pages.
- **1ʳᵉ édition :** 2018.
- **Thématiques :** féminisme, patriarcat, maternité, âgisme, couple, écoféminisme

En septembre 2018 parait chez Zones, aux éditions de La Découverte, *Sorcières. La puissance invaincue des femmes*. Dans cet essai, Mona Chollet établit un lien entre les chasses aux sorcières qui eurent lieu à la Renaissance et les manifestations de misogynie envers les « sorcières » de l'époque moderne : la femme indépendante, la femme sans enfants et la femme âgée.

À travers une approche historique, mais également des références modernes, voire tirées de la culture pop, Mona Chollet analyse pourquoi les femmes libres font peur et par quels moyens la société patriarcale a, de tout temps, voulu les réprimer. Car c'est aussi un rapport au monde particulier qui est promu par celles qui s'apparentent aux sorcières. En s'éloignant de l'exploitation de la nature par l'homme, c'est l'écoféminisme qu'elles inventent.

Sorcières. La puissance invaincue des femmes, bestseller vendu à 270 000 exemplaires, est traduit en 15 langues. Il a remporté le Prix de l'essai Psychologies-Fnac en 2019.

MONA CHOLLET

ÉCRIVAINE SUISSE

- **Né en 1973 à Genève**
- **Quelques-unes de ses œuvres :**
  - *Beauté fatale. Les nouveaux visages d'une aliénation féminine* (2015), essai
  - *Chez soi. Une odyssée de l'espace domestique* (2015), essai
  - *Réinventer l'amour : Comment le patriarcat sabote les relations hétérosexuelles* (2021), essai

Née à Genève d'un père suisse et d'une mère égyptienne, Mona Chollet, après des études de lettres modernes, a intégré l'école supérieure de journalisme de Lille. Elle est actuellement journaliste et cheffe d'édition au Monde diplomatique. Elle anime également le site de critique culturelle *Périphéries*, en partenariat avec Thomas Lemahieu.

Elle est l'autrice de plusieurs essais qui s'intéressent à la condition féminine, notamment au travers des différentes injonctions qui sont faites aux femmes : beauté, maternité, couple, etc.

Depuis *Sorcières. La puissance invaincue des femmes*, sorti en 2018, Mona Chollet est l'une des féministes les plus lues en France.

En 2021 sort son nouvel essai très attendu : *Réinventer l'amour : Comment le patriarcat sabote les relations hétérosexuelles*. Il remporte le prix de l'essai Les Inrockuptibles.

- 8 -

RÉSUMÉ

Mona Chollet commence son texte par l'évocation de la fascination que la figure de la sorcière exerçait sur elle enfant et pour quelles raisons : « À travers elle m'est venue l'idée qu'être une femme pouvait signifier un pouvoir supplémentaire, alors que jusque-là une impression diffuse me suggérait que c'était plutôt le contraire » (p. 11).

LES SORCIÈRES À TRAVERS LES ÂGES

Dans cette longue introduction d'une quarantaine de pages, l'autrice revient sur celles qu'on a appelées sorcières à travers les âges et surtout sur les chasses dont elles ont fait l'objet. Alors que, dans l'inconscient collectif, ces chasses se sont déroulées au Moyen Âge, en réalité, c'est à la Renaissance qu'elles ont été les plus violentes et les plus nombreuses (on évoque un million de victimes). À cette époque, la misogynie est importante et toute femme puissante, donc irréductible au rôle que la société veut lui assigner, est soupçonnée de cacher en elle un démon : « Répondre à un voisin, parler haut, avoir un fort caractère ou une sexualité un peu trop libre, être une gêneuse d'une quelconque manière suffisait à vous mettre en danger » (p. 17). C'est pour faire rentrer dans le rang ces femmes libres que la mise en scène des supplices qui leur sont infligés est inventée.

Beaucoup plus tard, alors que les années 1970 se penchent sur ces exactions, les féministes se définissent comme les petites-filles de ces sorcières, reprenant à leur compte le désir d'émancipation et les attaques dont elles sont les cibles. Les préoccupations écologiques et l'importance accordée au vivant font elles aussi réapparaitre la figure de la sorcière comme une femme étant partie prenante d'un monde pas encore exploité par la rationalité et le productivisme des hommes.

Prenant comme objet de réflexion la figure de la sorcière, Mona Chollet s'intéresse à celles qui tiennent aujourd'hui dans notre société la place de cette « femme affranchie de toutes les dominations, de toutes les limitations » (p. 11). L'essayiste se donne en effet comme objectif, à travers les quatre parties qui composent cet ouvrage, de revisiter les contraintes sociales et politiques qui pèsent lourdement sur les femmes, en illustrant toutefois son propos d'exemples d'autrices qui incarnent la résistance à ces interdits : figures de combattantes face aux obstacles toujours érigés devant les velléités d'indépendance des femmes.

L'INDÉPENDANCE DES FEMMES VUE COMME UN DANGER

Par exemple, si les veuves et les célibataires forment la grande partie des accusées de sorcellerie, aujourd'hui encore « l'indépendance des femmes, même quand elle est possible juridiquement, continue de susciter un scepticisme général » (p. 35).

La sorcière semble en effet être le seul archétype féminin qui se définit par lui-même, sans recours à un partenaire masculin. De la sorcière d'antan à la figure moquée de la « vieille fille à chats » d'aujourd'hui, il n'y a qu'un pas. Pourtant, une femme qui ne se définit pas par rapport à un homme dominant est de fait une femme forte, comme l'illustre admirablement la figure lumineuse de Gloria Steinem.

UNE FEMME N'EST PAS FORCÉMENT UNE MÈRE

D'autre part, la chasse aux sorcières était fondée sur la criminalisation de la contraception et de l'avortement. Les sorcières étaient considérées par tous comme des « anti-mères ». Cette défiance se retrouve dans notre société actuelle à travers la méfiance, voire la réprobation générale, que suscitent les femmes sans enfants. Celles qui refusent d'enfanter sont ainsi confrontées au préjugé qu'elles détestent les enfants ou qu'elles ne sont que des égoïstes sans cœur, ce qui n'est jamais reproché aux hommes sans descendance.

Il est d'ailleurs si difficile d'échapper à cette injonction au désir d'enfants que certaines y cèdent, réprimant de façon inconsciente leur désir profond et se dirigeant ainsi dans une vie faite d'insatisfaction, voire de souffrances.

BRISER LE TABOU DE LA VIEILLESSE DES FEMMES

Les chasses aux sorcières ont également inscrit profondément dans les consciences une image très négative de la vieille femme. Cette vision est à l'œuvre dans le dégout qu'inspirent les cheveux blancs des femmes, le fait qu'une femme est supposée « moins bien vieillir qu'un homme ». Elle est visible aussi dans la négation de la vie sexuelle féminine à partir d'un certain âge.

> *C'est la sexualité des femmes âgées qui, à l'époque, suscitait une crainte particulière. N'ayant plus de droit légitime à une vie sexuelle puisqu'elles ne pouvaient plus enfanter et qu'elles étaient parfois veuves, mais expérimentées et toujours désirantes, elles apparaissaient comme des figures immorales et dangereuses pour l'ordre social.* (p. 166)

De nombreuses autrices ont témoigné de la difficulté d'être une femme vieille dans la société contemporaine, de laquelle on ne les considère pas être membre à part entière. Qu'un homme vieillisse et ce n'est pas grave, au contraire, il gagne en maturité, en expérience, en charme même. Qu'une femme vieillisse et elle perd en attirance. Qu'elle aussi puisse gagner en expérience se retourne contre elle, car ce qui est valorisé chez une femme n'est jamais son pouvoir ou son indépendance, mais au contraire sa joliesse et sa fragilité que peut protéger un partenaire masculin.

Une femme âgée et sure de ses désirs est volontiers considérée comme une « harpie ».

LE FÉMINISME COMME NOUVEAU RAPPORT AU MONDE

Enfin, Mona Chollet met en lumière que la suspicion de sorcellerie a largement visé les « guérisseuses » et autres femmes qui utilisaient la nature pour soigner leurs semblables. Dès lors que l'homme a voulu user de sa « rationalité » pour asservir la nature selon ses besoins, toute femme dont la relation au monde n'était pas basée sur l'exploitation de ses richesses est devenue une sorcière. « Il en a découlé une science arrogante, nourrie de mépris à l'égard du féminin, associé à l'irrationnel, au sentimental, à l'hystérie, à une nature qu'il s'agissait de dominer » (p. 37).

De ce positionnement masculin découle également une insécurité intellectuelle des femmes, toujours renvoyées aux domaines de l'émotion, de la sensibilité, voire du simple affect.

Le secteur de la médecine a lui aussi subi la prédominance masculine, ce qui a engendré certains mauvais traitements, notamment gynécologiques pour les patientes femmes, toujours suspectées « d'affabuler, d'exagérer, d'être ignorante[s], émotive[s], irrationnelle[s] » (p. 202). Mona Chollet conclut en effet son texte par une longue liste des violences infligées aux femmes par la médecine.

ÉCLAIRAGES

L'ouvrage de Mona Chollet se propose de montrer que les critères qui, entre le XVe et le XVIIe siècle, présidaient à faire d'une femme une sorcière à bruler sont toujours vivaces aujourd'hui. Étudiant les forces réactionnaires à l'œuvre il y a cinq siècles, elle met en lumière celles d'aujourd'hui, stimulant ainsi le combat féministe en cours et à venir. « Tremblez, les sorcières reviennent », disait un slogan féministe des années 1970. C'est aussi ce que semble crier Mona Chollet dans son essai.

L'autrice s'intéresse tout d'abord aux chasses aux sorcières comme manifestation de la misogynie, expliquant qu'entre le XVe et le XVIIe siècle, des milliers de buchers sont allumés en Europe pour détruire celles qui sont vues comme des sorcières. Selon les statistiques, 80 % des victimes étaient des femmes, en particulier des femmes âgées. Et si certains hommes ont été accusés de sorcellerie, ce sont en grande majorité des femmes qu'on poursuivit et auxquelles on fit subir d'inhumains supplices, avec pour seules raisons qu'elles vivaient à l'écart, n'enfantaient pas ou ne fréquentaient pas les églises. La misogynie est donc bien la raison première de ces atroces persécutions.

Et en effet, une haine du féminin sévit depuis des siècles en Europe, préparant avec succès les chasses aux sorcières qui se déchainent à la Renaissance. La religion, la science et la justice s'allient pour faire de la femme un démon à détruire. Assimilant le corps des femmes à une tentation, voire un danger pour l'homme, les prêtres et les médecins indiquent le chemin vers le bucher.

Les arts ne sont d'ailleurs pas en reste à cette époque où l'on trouve de nombreux exemples, dans la poesie baroque notamment, de détestation de la femme, et particulièrement de la femme vieille, souvent vue comme un démon. Ainsi, Pierre Ronsard adresse en 1550, dans son poème *Contre Denise sorcière,* une longue litanie d'injures à une vieille femme soupçonnée de sorcellerie (et fouettée nue).

Tous les pouvoirs convergent donc pour expliquer que les femmes sont mauvaises.

En documentant l'histoire de ces chasses aux « sorcières », Mona Chollet fait apparaitre à quel point les hommes ont tenté de couper « toute tête féminine qui dépassait » (p. 17), d'annihiler toute tentation d'indépendance. En effet, les femmes font peur dès lors qu'elles ne sont pas soumises à leur mari, qu'elles ne sacrifient pas leur vie à leurs enfants.

Qui ne répond pas à ces injonctions est suspecte, disent les hommes. Qui ne répond pas à ces injonctions est une féministe, répond Mona Chollet. En effet, si les buchers ne sont plus d'actualité, la stigmatisation et les violences faites aux femmes existent bel et bien et c'est celles-ci que souhaite dénoncer l'autrice dans cet essai qui s'inscrit au cœur de la réflexion féministe. L'autrice brosse ainsi plusieurs portraits de femmes qui, non subordonnées à un homme, vivent de façon autonome, loin des normes imposées à leur sexe. Des sorcières peut-être, des féministes certainement.

La première féministe à s'intéresser à l'histoire des sorcières et à revendiquer elle-même ce nom est Matilda Joslyn Gage. Cette Américaine (née en 1826 et décédée en 1898) militait pour le droit de vote des femmes, perpétuant ainsi la lignée des « sorcières » qui n'étaient, ni plus ni moins, que des femmes indépendantes, qui voulaient leur pleine autonomie et se battaient pour l'obtenir. C'est Matilda Joslyn Gage qui écrira dans *Femme, Église et État* : « Quand au lieu de "sorcières", on choisit de lire "femmes", on gagne une meilleure compréhension des cruautés infligées par l'Église à cette portion de l'humanité ».

Mona Chollet note toutefois que les féministes contemporaines semblent plus se revendiquer « sorcières » que leurs ainées. Il a en effet fallu du temps pour se départir des « images négatives [qui] continuent à produire, au mieux, de la censure ou de l'autocensure, des empêchements ; au pire, de l'hostilité, voire de la violence » (p. 34).

Si cela a débuté dans les années 1970, notamment avec la création de la revue *Sorcières*, c'est aujourd'hui que le mouvement féministe s'empare tout particulièrement de ce vocable, faisant de la sorcière une véritable icône. En effet, pas une manifestation féministe sans sa pancarte : « Nous sommes les petites-filles des sorcières que vous n'avez pas réussi à bruler », pas un article sans référence à ce personnage. Les femmes semblent ainsi trouver dans la sorcière assez de force pour s'assumer, car, comme le dira en 2009 la féministe Thérèse Clerc : « Être sorcière, c'est être subversive à la loi. C'est inventer *l'autre loi* » (p. 171).

Dans son essai *Sorcières* Mona Chollet, en expliquant comment la sorcière, victime éternelle de l'ordre moral des hommes, est devenue une icône du féminisme, participe également de ce mouvement. Elle est en effet devenue avec cet ouvrage l'une des féministes/sorcières les plus lues de France.

CLÉS DE LECTURE

FIGURES DE LA SORCIÈRE

La femme célibataire

Si la plupart des femmes brulées comme sorcières étaient célibataires, c'est qu'on avait peur de ces femmes dont le pouvoir ne leur était pas donné par un homme de leur entourage. La sorcière ne se définit en effet ni par son mari ni par ses enfants. À l'époque contemporaine, ce pouvoir autonome fait toujours peur. On essaie alors de retourner la peur contre les femmes elles-mêmes, leur inculquant dès le plus jeune âge que faire l'économie d'un mariage, c'est se condamner à vivre seule dans la tristesse. Or, l'autonomie n'est pas l'absence de liens, mais bien la possibilité de choisir ceux que l'on désire.

Gloria Steinem, monstre sacré du féminisme, est la plus belle illustration de la femme indépendante, qui a mené une vie épanouie de façon autonome : écrits, voyages, amours, militantisme, etc. Elle n'a renoncé à rien. C'est en parlant d'elle que *Newsweek* s'est rendu compte, en 1973, qu'il était « possible d'être à la fois célibataire et entière » (p. 45). Cette féministe a d'ailleurs cofondé le mensuel *Ms. Magazine* qui utilise dans son titre le titre Ms., une invention de 1961 qui porte la marque du statut matrimonial de la personne qu'il désigne. En France, il faudra attendre le XXIe siècle pour remettre en question le désuet (et réactionnaire) « mademoiselle »...

La femme sans enfants

Parmi les femmes qui brulèrent sur les buchers de la Renaissance, les guérisseuses, qui empêchaient ou interrompaient les grossesses, furent nombreuses. De l'accusation de faire mourir les enfants à l'accusation de ne pas en vouloir, il n'y a qu'un pas : « Celles qui refusent la maternité sont aussi confrontées au préjugé selon lequel elles détestent les enfants, telles les sorcières dévorant à belles dents de petits corps rôtis durant le sabbat ou jetant un sort mortel au fils du voisin » (p. 110). Mona Chollet interroge ici le rapport de la société à la natalité, et l'opprobre lancé sur celles qui ne souhaitent pas enfanter.

Pourtant, remarque l'autrice, ne pas avoir d'enfants peut offrir à celle qui fait ce choix une vie épanouissante et regorgeant d'autres possibilités : « se donner naissance à soi-même, plutôt que transmettre la vie ; inventer une identité féminine qui fasse l'économie de la maternité » (p. 85).

Car les femmes qui ne veulent pas d'enfants constituent un danger pour la société en cela qu'elles se libèrent des injonctions qui pèsent sur les femmes. Elles font sauter le verrou de la reproduction, clamant par leur seule existence : « une autre vie de femme est possible ».

Pour illustrer ce choix de vie, Mona Chollet se prend elle-même en exemple : « Dans ma logique, ne pas transmettre la vie permet d'en jouir pleinement. [...] Cette attitude fait de moi une quasi-exception embarrassante dans la société où je vis. En France, seuls 4,3 % des femmes et 6,3 % des hommes déclarent ne pas vouloir d'enfants » (p. 96). Bien entendu, un homme qui ne devient pas père ne met pas en danger, lui, la société qu'il contribue à orienter.

Puis, l'essayiste va plus loin et évoque ce qui doit rester secret, ce qui semble être la plus grave des transgressions, qui fait, encore plus que le reste, de la femme un monstre : le regret de certaines d'avoir eu des enfants.

La femme vieille

À quoi ressemble, dans notre imaginaire, la sorcière ? Elle a les cheveux longs et gris, les sourcils broussailleux, une verrue sur le nez, et s'en prend aux jeunes, fraiches et belles princesses. En un mot, la sorcière est vieille.

Et notre société qui porte à son paroxysme le culte de la jeunesse l'a bien compris. Aux femmes de relever « ce défi absurde : prétendre que le temps ne passe pas, et donc ressembler à ce que notre société considère comme la seule forme acceptable pour une femme de plus de trente ans : une jeune fille embaumée vivante » (p. 147).

Et malheur aux autres, en témoignent, par exemple, l'incompréhension et le rejet que doivent affronter celles qui laissent leurs cheveux blanchir, expérience que relate Sophie Fontanel dans *Une apparition*. Encore une fois, le pendant masculin n'existe pas. Qui penserait à trouver les cheveux grisonnants de George Clooney déplacés ? Car les cheveux qui blanchissent sont le reflet de l'expérience, valorisée chez l'homme, menaçante chez les femmes.

En outre, si l'expérience des vieilles femmes fait peur, leur sexualité est, elle, totalement niée. Mona Chollet illustre son propos en citant plusieurs films qui, du seul fait qu'ils mettent à l'honneur la sexualité de femmes de plus de 50 ans, apparaissent transgressifs : *Une femme libre, Aurore, L'Art de vieillir...*

LES SORCIÈRES, UNE VOIX POUR L'EMPOWERMENT

> *L'empowerment*, ou pouvoir d'agir, est une notion qui désigne la capacité d'agir procurée par l'estime de soi et l'engagement collectif.

Dès le titre de son ouvrage : *Sorcières, la puissance invaincue des femmes*, Mona Chollet met en exergue la question de la puissance. En effet, son texte vise clairement à brosser le portrait des sorcières modernes, c'est-à-dire des femmes qui s'accomplissent par elles-mêmes et pas au travers des autres et surtout pas des hommes. La figure de la sorcière, de paria, devient combattante. Elle est celle qui prend la parole, reprend le contrôle de son corps, de sa vie.

En se réappropriant la figure de la sorcière, l'autrice invite les femmes à passer d'objet à sujet, leur impulsant la force qu'elle-même a puisée chez les femmes puissantes qui l'ont précédée.

« Je mesure l'importance galvanisante des modèles identificatoires », lit-on à la page 39. Gloria Steinheim, Sophie Fontanel, Pam Houston, Corinne Maier,

Barbara MacDonald, Thérèse Clerc... autant de figures fortes, autant de façons de vivre en accord avec soi-même, autant de chemins ouverts et de possibilités offertes aux femmes à venir. Car chaque sorcière est « un idéal vers lequel tendre, elle montre la voie » (p. 11), celle d'une femme qui peut détenir un pouvoir supplémentaire.

En parlant à la première personne au sein de cet essai et en se référant à de nombreuses occasions à sa vie per-sonnelle – comme une « sorcière », Mona Chollet ne veut pas d'enfants, comme une « sorcière », Mona Chollet a les cheveux blancs –, l'autrice devient à son tour une figure à laquelle s'identifier, une source à laquelle puiser de la force.

Et, juste retour des choses, Mona Chollet est devenue avec *Sorcières. La puissance invaincue des femmes* la fé-ministe française la plus lue. Son essai, sorti en 2018, a d'ailleurs accompagné la troisième vague féministe et la libération de la parole des femmes qui a explosé avec le mouvement #metoo.

En effet, loin de se limiter à la magie et aux conseils de développement personnel auxquels certains voudraient réduire la figure de la sorcière, l'autrice prône un réel *empowerment* (ou pouvoir d'agir) politique : la sorcière devient porteuse de courage et de volonté pour s'affirmer dans un monde d'hommes, voire pour le mettre « cul par-dessus tête », comme le propose la dernière partie du texte.

VERS L'ÉCOFÉMINISME

L'écoféminisme

C'est l'écrivaine féministe Françoise d'Eaubonne qui utilise la première ce terme dans son livre *Le Féminisme ou la mort*, publié en 1974. Ce néologisme met en lumière le fait que la destruction de l'environnement et l'oppression des femmes reposent sur un même système de violence et de domination. En effet, le capitalisme ne peut exister qu'en exploitant les ressources naturelles et la main-d'œuvre utilisée pour cela.

S'il est difficile de dater les premières manifestations d'écoféminisme, on peut penser que les pionnières en la matière ont été les premières victimes de ce système de domination, à savoir des femmes de couleur pauvres qui se sont érigées contre ce qui détruisait leurs terres : l'industrialisation à outrance, l'agriculture et l'élevage intensifs. L'écoféminisme est donc un mouvement transversal.

En France, ce mouvement a été remis en première ligne en 2021 par la candidate à la primaire écologiste Sandrine Rousseau qui se définissait elle-même comme écoféministe et souhaitait tout à la fois lutter contre le dérèglement climatique et les inégalités entre les femmes et les hommes.

À côté des femmes sans mari, des femmes sans enfants, des vieilles femmes brulées comme sorcières, se trouvaient également de nombreuses guérisseuses. Mona Chollet explique dans son essai comment, pour reprendre les mots de Guy Bechtel, la « machine à fabriquer l'homme nouveau » était aussi une « machine à tuer les femmes anciennes ».

En effet, avec le discours cartésien du XVIIe siècle arrive une science arrogante, rationnelle, toute-puissante, qui accompagne l'esprit de conquête des hommes. C'est elle qui signe l'arrêt de mort des guérisseuses, pourtant souvent plus compétentes alors que les médecins officiels.

La médecine devient dès lors une discipline masculine, non dénuée de misogynie, ce qu'elle porte encore aujourd'hui en elle : « la médecine concentre aujourd'hui encore tous les aspects de la science née à l'époque des chasses aux sorcières : l'esprit de conquête agressif et la haine des femmes ; la croyance dans la toute-puissance de la science et de ceux qui l'exercent, mais aussi la séparation du corps et de l'esprit, et dans une rationalité froide, débarrassée de toute émotion » (p. 197).

Et en réfléchissant plus avant sur cette domestication de la nature, Mona Chollet affirme qu'elle s'est faite conjointement à l'asservissement des femmes, tous deux nécessaires à la mise en place du capitalisme.

En effet, les femmes et la nature ont été considérées comme dangereuses à l'état naturel. Il convenait donc de les mettre au travail en exploitant ses ressources naturelles pour l'une et en les utilisant comme main-d'œuvre pour les autres.

L'autrice cite d'ailleurs Carolyn Merchant, philosophe écoféministe, qui écrit que « la sorcière, symbole de la violence de la nature, déchainait des orages, causait des maladies, détruisait les récoltes, empêchait la génération et tuait des jeunes enfants. La femme qui causait du désordre, comme la nature chaotique, devait être placée sous contrôle » (p. 191).

Les écoféministes veulent ainsi se réapproprier un corps qui a été diabolisé et utilisé pendant des siècles. Proches de la nature sans que celle-ci serve de prétexte pour leur imposer un destin ou un comportement normé tels que la maternité ou l'hétérosexualité, les écoféministes semblent être de fières descendantes des sorcières !

PISTES DE RÉFLEXION

QUELQUES QUESTIONS POUR APPROFONDIR SA RÉFLEXION...

- Mona Chollet a publié en 2021 *Réinventer l'amour. Comment le patriarcat sabote les relations hétérosexuelles*. Ce thème était-il déjà présent dans *Sorcières*, selon vous ?

- Pensez-vous que toutes les féministes revendiquent le terme de « sorcière » ? Quelles pourraient être les raisons de le rejeter ?

- Dans son ouvrage *Sorcières*, Mona Chollet lie le féminisme et l'écologie. Cela vous semble-t-il pertinent et pourquoi ?

- Si Ronsard a donné dans son poème *Contre Denise sorcière* une mauvaise image de la vieille femme, connaissez-vous d'autres poésies baroques qui, au contraire, flattent la femme âgée ?

- Mona Chollet déclare, page 35 : « L'Indépendance des femmes, même quand elle est possible juridiquement et matériellement, continue de susciter un scepticisme général ». Êtes-vous d'accord avec cette affirmation ?

- Chloé Delaume a publié en 2016 *Les Sorcières de la République*. Ses sorcières sont-elles les héritières de celles qui ont brulé sur les buchers de la Renaissance ?

- On a utilisé, au cours de l'histoire, le terme de « chasse aux sorcières » pour d'autres traques : celles des communistes, des homosexuels, etc. Quelles caractéristiques communes voyez-vous entre ces différentes persécutions ?

- La culture pop (musique, cinéma, littérature, etc.) regorge de personnages de sorcières. Citez ceux qui vous semblent correspondre à la définition qu'en donne Mona Chollet dans son essai.

POUR ALLER PLUS LOIN

ÉDITION DE RÉFÉRENCE

- CHOLLET M., *Sorcières. La puissance invaincue des femmes*, Paris, Zones, La Découverte, 2018.

ÉTUDES DE RÉFÉRENCE

- BECHTEL G., *La Sorcière et l'Occident*, Paris, Plon, 1997.

- D'EUBONNE F., *Le Sexocide des sorcières*, Paris, L'Esprit frappeur, 1999.

- DREURE E., « Mona Chollet, *Sorcières. La puissance invaincue des femmes* », *Cahiers d'histoire. Revue d'histoire critique* [En ligne], http://journals.openedition.org/chrhc/10208.

- MICHELET J., *La Sorcière*, Paris, Flammarion, 1966.

Votre avis nous intéresse !
Laissez un commentaire sur le site de votre librairie en ligne
et partagez vos coups de cœur sur les réseaux sociaux !

lePetitLittéraire.fr

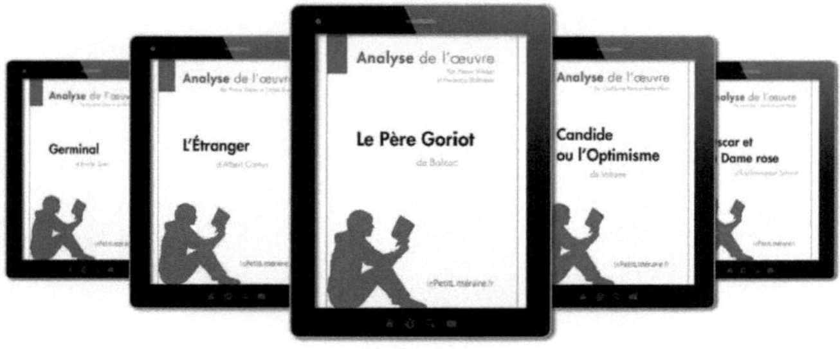

- un résumé complet de l'intrigue ;
- une étude des personnages principaux ;
- une analyse des thématiques principales ;
- une dizaine de pistes de réflexion.

**Retrouvez
notre offre complète sur
lePetitLittéraire.fr**

ISBN version numérique : 9782808026178
ISBN version papier : 9782808026185
Dépôt légal : D/2021/12603/149

Conception numérique : Primento,
le partenaire numérique des éditeurs.